¡ESO NO SE HACE!

Guía infantil sobre malos modales, reglas absurdas y etiqueta inadecuada

por BARRY LOUIS POLISAR

Ilustraciones de David Clark

Los modales en la mesa

Siempre te van a juzgar por tus modales en la mesa, por lo tanto, si se te cae un pedazo de comida nunca lo comas directamente del suelo, sobre todo si antes lo han pisado. Recuerda que siempre es buena idea hablar sobre cosas agradables mientras se come, por lo tanto, olvídate de cualquier tema relacionado con la escuela.

Si no estás seguro de qué cubierto debes usar y quieres evitarte una situación embarazosa, simplemente usa los dedos. Los hombres hemos comido con las manos durante cientos de años y la gente bien educada lo sabe. Nunca te introduzcas los dedos en la garganta mientras comes ya que ahogarse en la mesa no es de buena educación.

Nunca soples la comida para enfriarla. Si empiezas a comer algo que está demasiado caliente, abre mucho la boca para que se enfríe. Saca la lengua todo lo que puedas y reclama la atención de todos señalando la boca y gritando. Debes insistir en que todo el mundo mire dentro.

Si una mosca o cualquier insecto aterriza en tu plato, intenta aplastarlo con un trozo de pan. Si has tenido la gran suerte de conseguir matar a un insecto en tu plato, tómalo delicadamente con dos dedos y déjalo caer en el plato de la persona que tienes al lado.

Maneras correctas de jugar con la comida

Aunque la comida sirve para comérsela y no para jugar con ella, hay excepciones. Si debes jugar con la comida, sé creativo. Ya verás que si consigues que tus padres se rían, tienes muchas posibilidades de no meterte en un lío.

Tirarse los cereales por encima de la cabeza es divertido las primeras veces, pero al cabo de un rato necesitarás utilizar un poco más tu inventiva.

Evita introducirte zanahorias por la nariz si hay más gente a tu lado.

No hagas gárgaras con la leche; si lo que quieres es impresionar a las visitas tira migas al suelo o aporrea la mesa a puñetazos.

Los padres siempre juegan con la comida. ¿Te acuerdas cuando fingían que una cucharada de puré de patatas era un avión y tu boca un aeropuerto? Finge que tu cucharada de puré es un avión en medio de un bombardeo y el suelo está lleno de enemigos... ¡PAF!

Los hermanos

Intenta llevarte siempre bien con tus hermanos. Es importante recordar que no siempre puedes salirte con la tuya, aunque se puede intentar.

No tortures a tus hermanos de forma inadecuada. La tortura emocional es la más gratificante y ¡no deja huellas!

Cuando tus hermanos estén hablando por teléfono o viendo la televisión, siéntate silenciosamente enfrente de ellos y haz muecas. Desfigura tu cara de todas las formas posibles, pero nunca digas ni una palabra. Si esto no les molesta, imita sus movimientos; síguelos por toda la casa haciendo todo lo que ellos hacen. Cuando digan "¡Para!", responde, "¿que pare el qué?"

Si atas a uno de tus hermanos a un árbol, no le dejes durante más de quince minutos.

Nunca intentes comerte sus deberes cuando no estén mirando.

En general, sigue la siguiente regla de oro: trátalos de la misma forma que sientes que ellos te tratan.

Las relaciones con los adultos

Debes evitar decir frases como “No ha sido culpa mía”, sobre todo si lo era. Aprende a disculparte y usa esta técnica muy a menudo.

A los padres les encanta decir “No”. Siempre debes responder “¿Por qué?” Si tus padres dicen “Porque lo digo yo ”, o ”Porque yo soy tu mamá”, entonces es que realmente no tienen ningún motivo o no quieren perder el tiempo explicándote cosas, por tanto, vuelve a preguntar “¿por qué?”. Nunca supliques, excepto si sabes por experiencia que hacerlo durante un rato va a funcionar.

Cuando recibas a los amigos de tus padres en casa finge ser amable. Toma sus abrigos y sombreros y luego, cuando llegues a la habitación de tus padres, tíralos al suelo. Pruébatelos todos delante del espejo.

Imita a los amigos de tus padres diciendo, “Oh, encantada de verte... Qué tiempo más bueno está haciendo, ¿verdad?... Tus hijos son tan educados”. Pisa sus abrigos pero no aplastes demasiado los sombreros.

Reglas para asustar a tus abuelos

Si tienes más de 13 años deberías abstenerte de asustar a tus abuelos puesto que con tu comportamiento normal ya los asustas lo suficiente. Los niños más pequeños que deseen asustar a miembros mayores de la familia pueden hacerlo bajo su propia responsabilidad. Pero si insistes... aquí tienes las reglas:

- Nunca te acerques a hurtadillas a tus abuelos.
- Nunca finjas que te atragantas o hagas algo que pueda disgustarles (recuerda que no son tan jóvenes como tus padres).
- Nunca vocalices las palabras sin pronunciarlas en voz alta haciéndoles creer que de repente han perdido el oído.
- Nunca te encierres en el maletero de su coche y des gritos y golpes mientras conducen.

Excursiones en coche

Insiste en sentarte siempre al lado de la ventana; acto seguido, dibuja una línea imaginaria por la mitad del asiento trasero y reta a tu hermano o hermana a cruzarla.

Nunca dejes que alguien que tenga mal gusto ponga la radio y lleva siempre contigo todas las cintas de Barry Louis Polisar. Insiste en escuchar tu música preferida una y otra vez, hasta que tus padres se harten y decidan comprarte una nueva cinta.

Nunca vayas al baño antes de subir al coche.

Los viajes en coche pasan más deprisa si te quejas y lloriqueas todo el santo rato. Concéntrate en molestar a tus hermanos en vez de aburrirte. Prueba a ver cuántas veces puedes chincharles sin que te riñan, pero nunca te dirijas a ellos con las palabras que has aprendido en el colegio.

IMPORTANT MESSAGES
Ya ya ya!!!
BLAH BLAH BLAH....
BABBLE BLAB...
YAK YAK !

Los modales al teléfono

Bajo ninguna circunstancia debes permitir que tu canguro conteste al teléfono.

Si estás solo en casa y suena el teléfono, responde con una voz muy profunda. Nunca digas a extraños que estás solo; cambia la voz varias veces mientras hablas para que el que llama crea que se está celebrando una fiesta. No te olvides de transformar tu voz y decir "¿Estás jugando otra vez con el teléfono?, y responde, "No, mamá". Luego cuelga rápidamente.

Nunca llames a escritores famosos para molestarles.

Si la llamada es para tus padres, acuérdate de anotar inmediatamente los mensajes importantes, así podrás perderlos antes de que lleguen a casa.

Si se han equivocado de número, finge que eres la persona a la que llaman. Explícales que tienes un resfriado terrible y que te ha afectado la voz. ¡Sé creativo!

Si la llamada es para ti pero no te apetece hablar por teléfono, sé educado y no le digas al que llama que no tienes ganas de conversación. Deja caer el teléfono varias veces; tose y mastica chicle con todas tus fuerzas cerca del auricular. Eructa si es necesario.

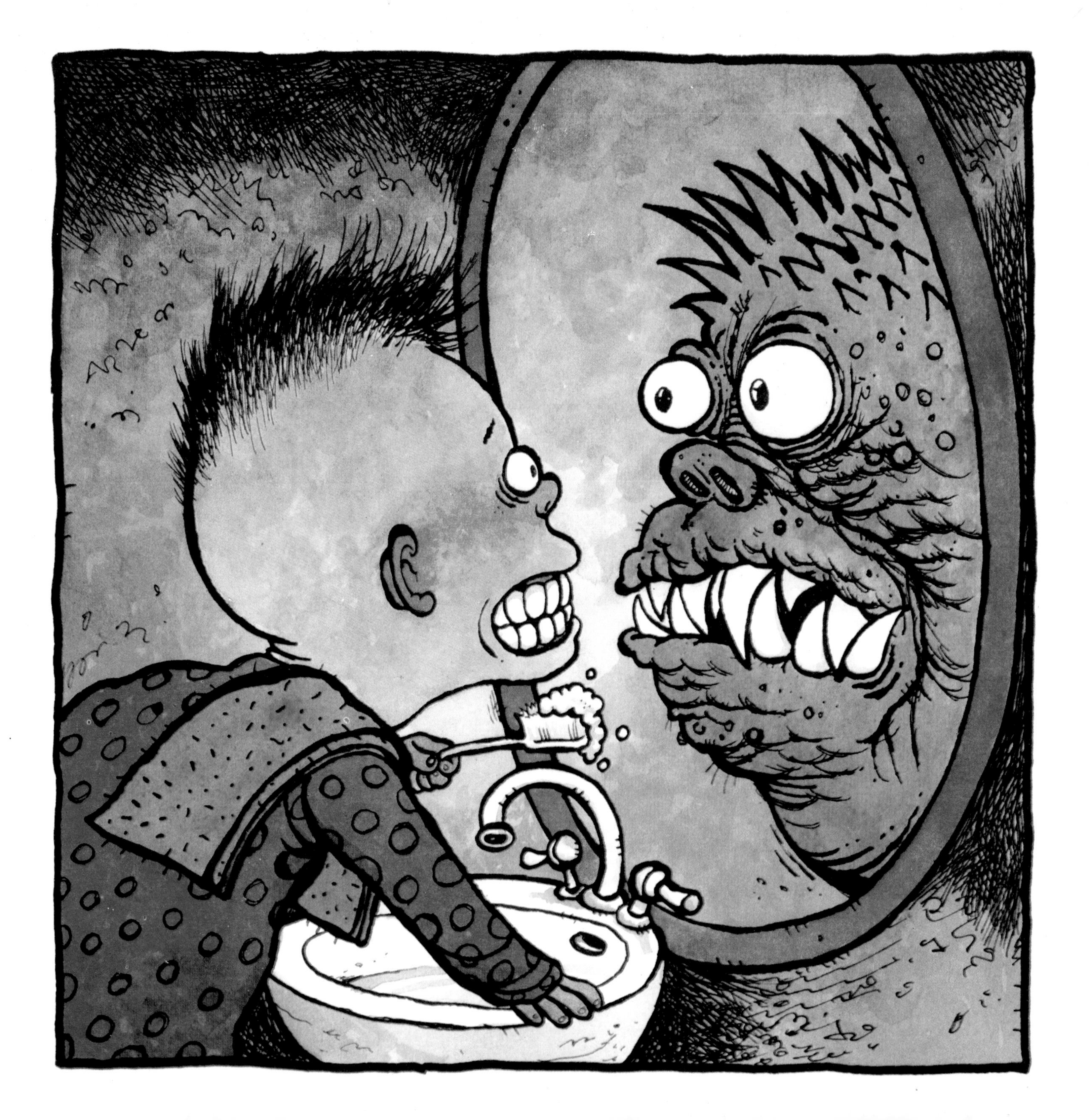

En casa

Es aconsejable recoger todos tus juguetes después de jugar, aunque puede que haya cosas que interfieran con tu deseo de hacerlo. Guárdate un día cada seis u ocho meses para limpiar tu habitación.

Deja tu ropa y toallas sucias esparcidas por toda la casa para que tus padres las recojan, ya que eso les hace sentirse necesarios.

Descubrirás que quejarte y hacer muecas mientras te cepillas los dientes hará que el tiempo pase más deprisa.

Nunca sueltes risitas cuando alguien diga la palabra "baño"; no hay nada divertido en la palabra "baño". La palabra "lavabo", en cambio, es muy divertida y puedes reírte histéricamente siempre que la oigas.

Cómo interrumpir

A algunas personas les gusta escucharse mientras hablan, por tanto necesitan que alguien les interrumpa.

Si decides que lo que tienes que decir es más importante que lo que dicen los demás, interrumpe educadamente tosiendo o resoplando suavemente. Continúa con un tono un poco más alto. Si no funciona, empieza a ahogarte simulando que te falta la respiración.

Usa lo siguiente sólo como última solución: agárrate del cuello y grita: "¡¡aagghhh!!" Cáete al suelo y finge que te asfixias.

(Nota: esta técnica sólo puede usarse una vez por persona; luego ya no cuela).

La relación con tu profesor

Llevarte bien con tu profesor es fácil si sigues unas cuantas normas muy simples.

Nunca vayas al colegio con la ropa interior en la cabeza sin una buena razón para ello. Nunca te rías de tu profesor imitando su modo de hablar. Nunca admitas que te olvidaste de hacer los deberes. En su lugar, da excusas divertidas; a los profesores les encanta reírse, por lo tanto, aprovecha esta oportunidad para demostrarle que eres muy creativo.

Si te preguntan algo en clase, responde murmurando para ti mismo. Cuando estés escribiendo, mira a menudo a tu alrededor para comprobar que no eres el único que está trabajando.

Si tu profesor es aburrido, no le interrumpas y aprovecha el tiempo: ponte a trabajar en otros deberes o cierra los ojos y descansa, no sea que después te duermas cuando estés en casa haciendo algo realmente importante como ver la tele.

Qué hacer cuando tus padres hacen tonterías

No te avergüences; en vez de eso, mira a tu alrededor como si estuvieras buscando a tus padres de verdad... Cuando hablen contigo, simula que no les oyes. Si insisten en hablarte, diles: "Lo siento señora, mi mamá me ha dicho que nunca hable con desconocidos" y vete lo más rápido posible. Nunca establezcas contacto visual.

No grites a tus padres porque no saben cómo aparcar el coche, ya que así llamarás más la atención. Lleva siempre encima las gafas de sol y póntelas cuando estés con ellos.

A tus padres les gusta creer que son como cualquier otra persona, aunque tú sabes qué, definitivamente, son más raros de lo normal.

QUIET
PLEASE

Molestar a los demás: cómo hacerlo con éxito

El éxito de molestar a los demás depende de a quién molestas. Lo que es molesto para unos no lo es para otros. Los hermanos, por supuesto, son los más fáciles de chinchar.

Una biblioteca o un cine son los lugares perfectos para importunar a los demás. Murmurar o silbar en voz baja es una técnica eficaz, como también lo es hacer crujir papeles de caramelo o anunciar a gritos lo que va a pasar en la película. Intenta fastidiar siempre a aquellos que buscan un silencio absoluto; ya es hora de que se den cuenta de que el mundo no es un sitio perfecto.

Molestar a los demás se puede hacer mejor en espacios cerrados como un avión o un autobús. Anima a tu hermano más pequeño a que vomite sobre la persona que está al lado; él puede hacerlo sin ser castigado porque es un bebé. Manchar con babas es también muy efectivo.

La etiqueta de la nariz

Hay momentos adecuados y no tan adecuados para hurgarte la nariz. Las reglas son simples:

Nunca te hurgues la nariz mientras comes.
Nunca te hurgues la nariz cuando estés en un sitio elegante.
Nunca te hurgues la nariz si alguien está mirando.

Si ves que alguien se está hurgando la nariz mientras conduce, no le señales. ¡Señalar no es de buena educación! Sin embargo, si vas en otro coche, puedes imitar su comportamiento de forma exagerada con la cara pegada al cristal. Cuando lo hagas, es importante sacar la lengua al máximo y cruzar los ojos.

Nunca digas "moco" en público.

Agradecimientos

Gracias a Nancy Heller, a Sheldon Biber y a mi esposa Roni que no sólo me ayudaron a tener cuidado con mis modales si no que además, como editores, me ayudaron a poner los puntos sobre las íes.

En especial, gracias a Roni que a parte de darme la idea para este libro también me ayudó con el manuscrito. Sin ella, nunca habría escrito este libro.

Barry Louis Polisar

TÍTULO ORIGINAL:
Don't do That!
Barry Louis Polisar & David Clark

1ª edición: septiembre de 2003

Traducción: *Lidia Bayona Mons*

Edita: Ediciones Obelisco, S.L.
Pere IV (Edificio Pere IV) 4º-5ª
08005 Barcelona - España
Tel. 93 309 85 25 Fax 93 309 85 23
e-mail: obelisco@edicionesobelisco.com

Impreso en los talleres
de Fàbrica Gràfica,
c/Arquímides, 19
Sant Adrià de Besós (Barcelona)

Déposito Legal: B-31.806-2003
ISBN: 84-9777-009-9

Printed in Spain - Impreso en España

Puede consultar nuestro catálogo en:
http://www.edicionesobelisco.com